荒野求生

中国大冒险

火山危机

[英] 贝尔·格里尔斯 著　王欣婷 译

BEAR GRYLLS

湖南文艺出版社
HUNAN LITERATURE AND ART PUBLISHING HOUSE

小博集
BOOKY KIDS

Chinese Adventures Stories 6: Volcano
Copyright © Bear Grylls Ventures 2023
This edition is published by arrangement with Peters, Fraser and Dunlop Ltd. through Andrew
Nurnberg Associates International Limited Beijing
Translation copyright © 2023 by China South Booky Culture Media Co.,LTD

著作权合同登记号：图字 18-2023-126

图书在版编目（CIP）数据

火山危机 /（英）贝尔·格里尔斯著；王欣婷译
. -- 长沙：湖南文艺出版社，2023.9
（荒野求生·中国大冒险）
书名原文：Chinese Adventures Stories 6:
Volcano
ISBN 978-7-5726-1287-9

Ⅰ. ①火… Ⅱ. ①贝… ②王… Ⅲ. ①儿童小说—中
篇小说—英国—现代 Ⅳ. ① I561.84

中国国家版本馆 CIP 数据核字（2023）第 121291 号

上架建议：儿童文学

HUANGYE QIUSHENG ZHONGGUO DA MAOXIAN HUOSHAN WEIJI
荒野求生 中国大冒险 火山危机

著　　者：[英]贝尔·格里尔斯
译　　者：王欣婷
出 版 人：陈新文
责任编辑：匡杨乐
监　制：李 炜　张苗苗
策划编辑：马 瑄
特约编辑：张晓璐
营销编辑：付 佳　杨 朔　付聪颖
版权支持：王媛媛
版式设计：马睿君
封面设计：霍雨佳
封面绘图：冉少丹
内文绘图：段 虹
内文排版：金锋工作室
出　　版：湖南文艺出版社
　　　　　（长沙市雨花区东二环一段 508 号　邮编：410014）
网　　址：www.hnwy.net
印　　刷：三河市鑫金马印装有限公司
经　　销：新华书店
开　　本：875 mm×1230 mm　1/32
字　　数：53 千字
印　　张：4.25
版　　次：2023 年 9 月第 1 版
印　　次：2023 年 9 月第 1 次印刷
书　　号：ISBN 978-7-5726-1287-9
定　　价：22.00 元

若有质量问题，请致电质量监督电话：010-59096394
团购电话：010-59320018

贝尔·格里尔斯的求生小提示

灾难当头，想要活下去，你必须：

1. 一定要保持绝对的冷静。

2. 利用好手边的一切物品，物尽其用。

3. 随时了解你身边的环境，熟悉地形，以便危急关头用最快速度找到逃生之路。

4. 如果还有其他选择，不要贸然进入漆黑的陌生环境。

5. 仔细观察，及时发现周围潜在的危险，并立刻远离。

6. 撤离危险区域时，要动作迅速，但决不能奔跑，防止摔倒。

7. 每人每天至少要喝两升水，在极端环境下尤其要注意，防止脱水。

8. 处于未知环境时，最好结伴活动，不要落单。

9. 有时候原地等待救援，也是一个不错的选择。

最后一点，也是最重要的一点，
永远不要放弃求生的希望！

目 录

第 一 章

热水

艾登·托马斯闭上眼睛感叹道："真舒服啊！"

他正坐在水温三十摄氏度的室外水池里。水没过了胸口，咝咝冒着泡，肌肉被包裹在热气之中，就像是在做按摩一样。所有的疼痛、拉伤和淤青都消失了。

水池边有一圈平台，艾登之前就坐在平台上。他鼓起全部勇气，才慢慢沉入水里，直到只有头露在外面。汗水从湿漉漉的头发上流下来，滴在脸上。

"啊！"

他闭起眼睛，做梦似的笑了起来。

"这里限时十五分钟。"一个声音在他耳边说。他睁开眼睛抬头看了看，服务生身穿白色Ｔ恤、运动裤，正面带笑容蹲在水池旁边。他身后是水疗中心的主楼，在那之上是积雪覆盖的山谷。还没到春天，周围的山上仍有很多雪，但因为温泉的关系，这个山谷四季常青，从不积雪，水疗中心也因此建在了这里。

"我们不希望客人把自己像龙虾一样泡熟。"服务生又说，"别担心，时间到了我会告诉你的。然后你需要去泡冷水池，计时重新开始。"

"没问题。"艾登笑着说，"这值得等待。"

服务生笑着站起身来。

"听上去你是远道而来的客人。"

"可不是吗。"艾登嘟囔着。他轻轻抬起双脚，往水池的边缘一踢，仰面漂浮在水池的中央，只有脸和脚尖露出水面。他在水中慢慢旋转，眼看着山谷的顶峰在脚尖上掠过。过了一会儿，他看到脚尖正好指向休眠火山的平顶，那上面长满了树，威严地耸立在山谷的尽头。火山正是让这里流淌温泉的原因，火山口的边缘也覆盖着一层雪。

他心满意足地闭上了眼睛。

在过去的几个月里，艾登曾不小心掉入冰冷的湖水，然后暴风雪来袭，他又不得不在野外度过整整一夜，差点因此丧命。刚缓过劲来，他就又遭遇了雪崩，被埋在了雪下，滚落下来的可是十万吨的雪，他身上现在还有淤青。

在温泉里泡上一整天，除此之外什么也不做，正合他意。他知道他其实还是会做点什么的，但那就等以后再说吧。

来水疗中心的一个条件是要在网上写点评。这里的老板希望能吸引很多年轻人，所以特意邀请了许多年轻人来做宣传。艾登对此没有任何意见，他已经决定要好好夸一夸这里。不过，这也意味着，他要把水疗中心的所有设施都体验一遍。

现在他已经睡眼惺忪地在脑子里构思了。

"这里有三个水池。"他自言自语道，"冷水池、温水池、热水池。它们都是由地下的热石加热的，除了净水系统，不需要使用任何电力。"

这才是这里这么棒的主要原因，他心想。因为温泉不仅很温暖、让人放松，而且它还是纯天然的。艾登和爱玛的父母是环境工程师，他们和中国的专家合作，帮助开发清洁又便宜的能源。他们的最新项目，是让地热能为一整座城市供电、供热。天然气和石油总有用完的一天，但只要地球存在，地热能就永远都用不完，而且还是免费的。

"这里不仅仅有温泉池，还有自然小径……"

艾登的热情减弱了。他的姐姐爱玛和朋友乔正在附近的某个地方，用自己的方式享受着这里的设施。艾登之后也要去那里体验，对此，他并不期待……

第 二 章

漂浮的石头

"每个水池都一半在室内，一半在室外。"艾登继续构思，想象着文字出现在电脑屏幕上，"我一下水，就直接游到了室外。在温暖的水里，完全感觉不到外面的寒气！"

艾登想到了自己第一次泡热水池的情景，虽然出了点糗，但他还是忍不住笑了起来。

"我穿着泳裤从更衣室里出来，径直走到热水池。牌子上显示，水温略高于三十摄氏度。好心的服务员告诉我，从冷水池开始泡可能更好。我礼貌地告诉他，我来这里可不是为了让自己凉爽的。他耸耸肩，笑了笑，就没管我了。

"水池浅，不能完全浸入水中。我站在水池里时，头和肩膀都在水面以上。入水的时候要走几级台阶。我站在最上面的台阶，水刚好没过我的脚踝，这时我惊讶地发现，那种感觉像是脚被蚂蚁咬了，所以我又出来了，不得不承认那个服务员是对的。"

艾登知道他的描述并不完全准确。实际情况是，他大叫一声跳了出来，然后在地面上蹦了好几圈，直到脚踝上着火的感觉被山里的凉风"扑灭"。服务员的脸上依旧挂着笑容，他建议艾登去冷水龙头下冲一冲，然后从冷水池开始，再慢慢往热水池泡。这回艾登没有争辩。

"冷水池的感觉像是才刚放了热水没多久，就进去泡澡。从只穿着泳裤站在户外，到泡在水池里，感觉还是暖和舒服的。但很快就有点无聊了，我就转移到了温水池。服务员说的没错，确实需要一步一步来。在温水池我待的时间更长一些，但最终目标还是热水池。"

有什么东西碰到了艾登的脚，他睁开眼睛，看到一块灰色的石头漂浮在水上。他笑着站起来，抓住石头看了看。

"浮石。"这也要写到点评里去，"这块石头为什么能浮起来呢？它曾经深埋在火山之下，那里极其炎热。"艾登是从大堂里的互动展示屏上学到这些知识的，不过没必要告诉他的读者这些，"然后石头进入到清凉的空气之中，由于之前处于巨大的压力之下，里面的气体变成了气泡，就像你打开一瓶汽水一样。所以，现在它能浮着了。"

"十五分钟！"服务员又回到了水池边，指着楼梯旁的大计时器说，"是时候出来了，或者重新计时。"

艾登勉强笑了笑，以最慢的速度游到楼梯那

里，尽量延长在热水里的时间。

"好的。"他说，"我本来也要走了，等一下要跟我姐姐碰面。"

他跟爱玛和乔在早餐的时候做了约定，快速体验一下各种设施后，就去爬火山。

小贴士

火山石里充满了空气，与普通的石头不一样，甚至可以漂浮在水面上。

第 三 章

泥浆浴

"天哪，太臭了！"

爱玛的脸因恶心而抽动，但依然逃不开臭味的源头。她躺在暖暖的、灰棕色的稀泥里，只有头露在外面，每动一下，稀泥就变得更黏稠一些。有时候泡泡冒出泥面，臭味就会变得更加刺鼻。

"像坏了的鸡蛋。"乔也这么认为。

爱玛心想，这玩意应该没有温泉池好玩，也就是艾登在的地方。女孩子们并排躺在自己的泥槽里。这样的泥槽大概有二十个，长度跟她们的身高

9

差不多。四下无人，这个水疗中心还没正式对外开放。

虽然她们带了自己的泳衣，但看到水疗中心提供衣服和浴帽时，还是松了一口气，没有人想在下一次游泳之前还得洗沾满泥巴的臭乎乎的衣服。现在她们带来的衣服还整齐地放在背包里。

服务员帮她们躺在泥槽里，然后拿来一条类似大水管的东西。水管对准泥槽，打开龙头，泥浆马上流了出来，灌满了她们的泥槽。泥浆很热，还冒着气，是从山谷下新泵上来的。跟温泉水一样，泥浆的热气也来自地热。

"闻起来像硫黄。"服务员说，她坐在房间一侧的桌子旁敲着电脑，"对你们的皮肤有好处，里面都是地底下深层的矿物质。"

"有点……痒。"乔想了想说。她扭了扭身子，这又让泥里冒出了一个泡泡，真是失策。

"点评里我们得写得好听一点。"爱玛说，"关于味道的情况，应该诚实相告，因为别人第一时间就会闻到。但是，仔细想想，这是接触到地底下五英里①深的矿物质最便宜的办法。"

已经变成火山百事通的艾登告诉过她，地底深处是火山开始形成的地方。人类有两种获取这些矿物质的方式，一种是挖一个很深的矿，但这么做价格高昂；另一种是等待火山把它们带到地面上。火山边的土地都非常适宜耕种，因为火山灰中丰富的矿物质利于植物的生长。

"而且，躺在这里，也挺……让人放松的。"乔想了想说，"如果你忘记这些是泥浆，再用晾衣夹夹住鼻子的话。"

"我们一定要推荐晾衣夹。"爱玛表示赞同。

她们就这样安静地躺着，感受着热气和泥浆，让皮肤吸收矿物质。虽然躺在泥里，但很容易就放

---

① 英里：英制中的长度单位。1 英里合 1.609 千米。

松下来了。房间的设计让人很舒适，还播放着轻柔的音乐，墙壁的色彩很柔和，上面挂满了大幅的长白山脉的照片。照片是在春天和夏天拍的，所以上面没什么雪，但有很多阳光照耀下的岩石风貌。艾登在水池里可以欣赏冬天的山景，她们在这里可以欣赏春夏的景色。

地上铺的是防滑瓷砖，爱玛并不为此感到惊讶，这样一天结束后，地面很容易就能用水冲干净，地毯可就不行了。

计时器响起，时间到了。她们坐起身的时候，泥浆发出一声微弱的吮吸声，好像不想让她们离开一样。泥浆从她们的身体上掉落，又落入槽里。

"是不是有点儿像从流沙里逃走？"乔问。爱玛笑了起来。

服务员帮她们站起来。她们用水管里的温水冲走了身上的泥。

"不知道我弟弟现在怎么样了？"爱玛说。她们冲完水一身清新，准备去更衣室，"他大概已经把自己泡红了，肯定很享受。"

"不过艾登也不用太得意。"乔笑着说，"从火山回来，就轮到我们泡温泉，他泡泥浆浴了！"

第 四 章

火山真酷

　　水疗中心的大堂里有一个巨大的触摸屏，艾登已经从上面学到了很多关于火山的知识，早就期待着能继续看看上面还有什么了。在等女孩子们来的时候，他赶紧抓住了机会。

　　屏幕挂在墙上，有成年人那么高。一开始的画面是一块平坦的土地——没有火山的世界。屏幕的最下方有一块愤怒的、发光的、跳动的红色区域，这是炙热的地核。由于地球的重量，那里的石头变成了滚烫的液体，被称为岩浆。

大部分的液体都被地壳包裹起来，就像贝壳一样，但是地壳上有一些脆弱的区域，让岩浆流了出来。艾登发现，他可以用手指在屏幕上画一些通道，让岩浆流过。不能画太多条，那样的话岩浆流出的太多，压力就会下降，只画一两条就足够了。岩浆流到地表之下，形成一个巨大的地下洞穴，叫作岩浆房。最终，过多的岩浆聚集，岩浆房破裂，岩浆喷出地表。在这之后，喷发出来的岩浆就叫作熔岩。熔岩再次冷却之后，变成固体，开口处形成一块锥形的石头，这就是火山在地球表面的样子。这附近最大的实例就是南边与朝鲜接壤的巍峨的长白山。屏幕上显示，长白山下有一条粗粗的通道，一直延伸到地球深处。

与此同时，其他的通道像树根一样从主通道"开枝散叶"，其中一条通道喷出的岩浆形成了俯瞰水疗中心的火山。这座火山很久没有爆发过了，但是通道还在。通道离地表足够近，可以自然地加热从山坡上流下来的水，也就是艾登之前泡过的温泉。

艾登以前并不知道，要过很长时间，火山才会变成死火山。他一直以为，火山要不就是死火山（不会再爆发了），要不就是活火山（随时可能爆发）。现在他知道，自己只对了一半。

确实，死火山不会再爆发了，地球的运动将岩浆带离了让火山得以形成的通道，或者通道已经干枯，火山不再具有危险性。

但活火山有可能处于爆发状态，或者休眠状态。处于爆发状态，指的是火山正在喷发。而处于休眠状态，意思是火山随时可能再次喷发，明天，明年，也可能是一百年后。通道还在，压力仍有可能慢慢上升。长白山大概一个世纪喷发一次，水疗中心所在的这座火山小一些，从显示屏上判断，大概一千年喷发一次。这让艾登安心了，一个世纪已经是很长的时间了，一千年可是十倍的时长。

艾登以前一直认为当火山爆发时，造成最大破坏的是岩浆。这么想也没错，炙热的岩浆是致命的，喷射而出的岩浆块可能会将你置于死地。但是火山还有其他的武器，它可以释放出无色、无味、有毒的一氧化碳。几秒之内，在你还没觉察的情况下，这种气体就能让你倒下。火山最厉害的武器叫火山碎屑流。屏幕上播放了一段介绍火山碎屑流的视频，火山里喷出浓浓的黑色烟雾，一直飘到高层大气里。烟雾里夹杂着火山灰和碎屑，被从火山口喷出的热气托起，等热气消失以后，气流也随之崩塌。和这个现象比起来，艾登最近经历的雪崩根本不值一提。屏幕上又播放了一段视频，艾登看到数百万吨滚烫的火山灰飞速前进，速度比任何一辆跑车都快，让艾登惊讶地吹了一声口哨。视频里火山碎屑流的片段发生在 20 世纪 80 年代的美国，火山灰真的吞噬了一辆正全速逃命的汽车。

他点了一下写着"著名火山"的那一栏，一连串的名字出现了。

维苏威火山位于意大利。它曾在古罗马时期爆发，火山碎屑流将庞贝城埋在数百万吨的火山灰之下。在南美洲萨尔瓦多的霍亚德塞伦，也发生过类似的事情。在这两个地方，火山爆发当天的情况，几乎被完整地保留了下来。至今考古学家仍在利用它们来了解古人的生活方式。

近四千年前，圣托里尼火山在地中海爆发，毁灭了那里的文明。这可能就是海底古城亚特兰蒂斯传说的源起，曾经的大岛现在分成了几个小岛。

火山爆发并不仅仅发生在很久以前。2010年，冰岛的一座火山爆发，艾登用英语都读不出来那座火山的名字，更别提用拼音了。空气中大量的火山灰导致十万架跨大西洋的航班被取消。

火山的始祖甚至不在地球上，而是在火星上。奥林匹斯山是太阳系里最高的火山，高度能触碰到外气层，宽度可以覆盖整个法国。如果你去爬一爬这座山，几乎是感觉不到上坡的。

"艾登！艾登！"

爱玛叫了两次，他才听到。

哇，火山太酷了！艾登一边想着，一边转过身来。

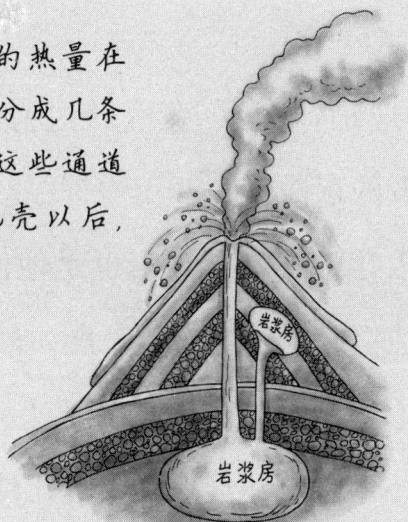

小贴士

地心释放出的热量在压力的作用下会分成几条通道流向地壳。这些通道中的热量冲破地壳以后，就会形成火山。

岩浆房

岩浆房

第五章

没那么热吧

"这是什么？"艾登转过身来，看见了爱玛手里拿着的东西。

水疗中心说，火山也是他们这里的景点之一。所以他们三个决定去爬一爬，然后写到点评里。水疗中心里很温暖，他们都穿上了适合爬山的衣服，不过外套还敞开着。里层是几件薄衣，可以锁住被体温加热的空气；中层是防风抓绒服，不让温度流失；外层是防水裤和防水外套。脚上穿着厚厚的袜子和结实的、可以在不同路面行走的靴子。

　　爱玛和乔都拿着两根长棍子。它们让艾登想到了滑雪杖，只是底下没那么尖。棍子明显是用某种碳纤维材料做成的，顶端的形状适合抓握，还有套在手腕上的腕带。

　　爱玛笑着敲了敲棍子，说："登山杖！可以去前台借。"

　　他们一起朝出口走去。"借来做什么？"艾登满不在乎地问，"旅行指南上说这条路不陡。"

　　"即便如此，"乔说，"贝尔·格里尔斯说了，登山杖哪怕只是帮你省一点力气，对整段旅途的帮助还是很大的。所以，为什么不让自己省点力气呢？"

　　"又不用走很远。"他说，"到火山顶也就不到一英里。"

　　女孩子们相视而笑，都不打算试图改变他的想法。

　　"午餐你还是带了吧？"爱玛问。艾登笑着举起一个纸袋。厨房为他们准备了三份午餐，艾登自己又拿了三瓶水。他们每人拿了一份午餐、一瓶水，各自放到自己的背包里。

走到通往露台的出口，玻璃门自动打开。山里的空气吹了进来，带来了山间的温度。他们马上拉上外套的拉链，戴上帽子。

穿过露台的途中要经过温泉池，艾登在热水池边停下了脚步，看到平静的水面上蒸汽缭绕。

"这里太棒了。"他向女孩子们保证道，"你们肯定喜欢！"

"其他人似乎不是这么想的。"爱玛四处看了看说，这里几乎没有人。

"现在是午餐时间。"艾登提醒道，"这里还没正式对外开放。而且，那不是人嘛！"

一个穿浴袍的中国男人向他们走来。他把浴袍放在水池边的椅子上，做出要跳进去的样子，但又及时停住了。

"噢！不能跳水，我差点忘了。"他笑着说。随后他走到梯子那儿，下了一级台阶。

"啊！"他大叫着跳了出来，喊声在山谷中回响，"我的脚！"

艾登差点笑出了声，心想那个男人肯定是装的，他想起了自己毫无准备地走进水池的经历。但那个男人听上去好像真的很痛，而且他的脚都红了。

服务员闻声赶来。男人扶着服务员的肩膀，跳着来到淋浴间，用冷水冲脚。

"也没那么热吧。"艾登小声嘟囔着，以防让男人难堪。

"看。"他想也没想就在水池边蹲下，把手指伸了进去。

手指一下子就没知觉了，骨头痛得像裂开了一样。艾登紧紧抓住抽出来的手指，咬紧牙关才没有叫出声。

"艾登?"爱玛惊讶地问。

"比刚才热多了!至少感觉上是的。"他喃喃道。他使劲挥着手,让冷空气给手指降温。举起来一看,现在他的手指也跟男人的脚一样,红通通的了。

"在冷水里冲一下。"乔建议说。

"好的。"

艾登跑到男人冲脚的地方,旁边还有一个水龙头。

"昨天没这么热的。"男人郑重地说。

"刚刚也没这么热!"艾登告诉他。他朝水池看了看,心想自己出来得一定很及时。

服务员打开水池边一个带锁的盒子,里面有一些旋钮和仪表盘。他朝仪器上看了一眼,吓得直往后退。

"已经高出最高水温太多了,肯定是冷水阀出了问题。"他说,"我们会尽快处理的。在此期间,水池将会关闭。我会挂个牌子……"

服务员匆匆离开了。

艾登回到女孩子们身边，一边想着什么，一边在裤子上蹭干手上的水。

"你还好吗？"爱玛焦急地问。艾登伸出手指，红色已经褪去了。

"我马上就把手拿出来了。没事。"他最后朝凶险的水池看了一眼，"我不知道还有一个冷水阀，可能要保持恒温吧。"他转身回到小路上，朝山谷尽头的火山看去，"我们走吧！"

第 六 章

黄色的树

"很长时间没见过这么多绿色了。"爱玛说。他们停下来休息，爱玛撑着登山杖欣赏风景，艾登和乔朝下面的山谷望去。

他们已经爬到火山的一半了，路上标记清晰，不会迷路。在路标的指引下，他们经过了水疗中心的露台和泥浆池，还穿过了森林。刚出发几分钟，就开始爬坡。

现在的景色美极了。两边的石坡上长满了大树、灌木和竹林。山谷像一条绿色的带子，蜿蜒其中。艾登和乔都明白爱玛的意思，他们最近很少见到绿色，山坡上处处都是被白雪覆盖的松树林。但是这个山谷与众不同，绿色上面没有白雪覆盖，绿色又分为不同的层次，由不同的植物构成。

"这里有自己的小气候。"艾登说，"大堂的展示屏上有介绍。温泉散发出的蒸汽会被两边的山谷困住，让不同的植物得以生长。在其他地方生长的植物，一下雪就会被冻死。"

"这个也要写到点评里。"爱玛说，"真有意思。"

水疗中心建在山谷一侧的坡地上，由一系列低矮的现代建筑组成。房屋是用石头和木头建的，和周围的自然环境融为一体。升腾的蒸汽穿过树冠，由此可以辨认出温泉和女孩子们泡过的热泥浆浴的位置。

一阵风吹来，虽然不至于让爱玛冷得发抖，但也让她意识到，停滞不前并非明智之举。

"我们走吧。"她说，他们准备出发攻克最后一段路了。爱玛看到艾登似乎没有乔的精力那么好时，不禁笑了起来，他一定不会承认应该用登山杖的。

过了一会儿，艾登说："我们肯定已经离开山谷了。"他们排成纵列缓慢前行，由于一直在运动，他们感觉很暖和。

"比之前温度低了。"爱玛说，她的脸能感觉到温度的变化。

"我们在山坡上面了。"乔说，"这里是正常山区的气候。"

正如乔所说，这里的植被也不同了，变得比之前更加稀疏。大树和竹林被抛在身后，现在周围只有高度不及腰部的粗糙低矮的灌木，除此之外，所见只有裸露的岩石。不过爬山的路线还是清晰可见的。

前方一百米左右，山坡突然不见了。

"一定是到火山口了！"爱玛用登山杖指着说。一阵强风吹来刺鼻的臭鸡蛋味，艾登咳嗽一声，说："闻起来也像火山口！"

"咦，"乔突然说，"看那里。"

她指着山下的树林。顺着乔手指的方向，爱玛和艾登也看到了她说的地方。

"在下面的时候没看到。"乔说，"被其他的树挡住了。"

在他们的下方，有一侧的树木像是被人拿着一大瓶颜料罐，从林木线一直到喷到森林里似的。这些地方的树顶是枯黄色的，看起来病恹恹的，不像森林中的其他地方，是健康、充满活力的绿色和棕色。

"这就奇怪了。"艾登说，"或许被某种树生真菌感染了？"

"硫黄是黄色的，对吧？"爱玛说，"或许是根部吸收后才长成这样的。不管了，快走，马上到了。"

大家转过身来做最后的冲刺。两分钟后，他们都站在了一座活火山的山口。

第 七 章

山顶

环绕火山口有一条小路。遮泥板一片连着一片，铺得平平的。

"没有护栏。"艾登观察后说。

爱玛笑道："艾登啊，他们相信你不会像个傻瓜一样掉下去。"

她的弟弟向边缘靠近。

"啥？我才不是傻瓜。"艾登抗议道。走得足够近了，他伸长脖子往下面看去，然后吹了一声口哨。

"哇!"

"你知道吗,"乔在他身后说,"保证安全的方法,不是看你能承受多大的风险,而是看你能减少多少风险。"

"是,但这是火山啊!"艾登说。爱玛和乔互相看看,耸了耸肩,也都走近了去看。

火山口的外围,也就是他们刚才爬上来的部分,是一个陡峭的圆锥体,里面则是一个大坑。火山口里面的圆形岩壁有约一百米高,岩壁的上半部分还生长着一些耐寒的灌木。艾登心想,它们可比我勇敢多了。灌木之下,岩壁上寸草不生,只有一些蒸汽从岩缝中飘上来。

"这像是龙生活的地方。"乔说。在双胞胎看来,她的话完全正确。

"你们想想,"艾登说,"几千年前,如果我们站在这里,早就死了。这些都是……"他鼓起脸颊,用手模拟滚烫的岩浆和火山灰从地底喷薄而出的情形。他的脑子里已经有了画面，冒泡的岩浆、大量熔化的石头、烟雾。他仰着头，想象着视频里那样的烟灰柱，它直冲天际，火山灰互相摩擦产生巨大的静电，闪电出现了。

"曾经的岩浆，"爱玛说，"现在的泥浆。"

火山口底部是一大片泥地，看上去比早上倒在乔和爱玛身上的泥浆还要黏稠，颜色也更丰富。一条条红色、白色、黄色、棕色，都是地底的矿物质。

"我们走一圈?"爱玛建议。于是，他们开始沿着顺时针方向行走。

第 八 章

绕火山口一圈

　　他们三个很快就绕过了从水疗中心上来的路线，选择了与来时的路有一点不同的另一条路线，这条路也会把他们带回到水疗中心。他们继续前进，一直走到火山口的另一边。靴子踩在小路上的"嘎吱"声和耳旁的风声是唯一的响动，如果忽略三英里之上，在空中画出一条条白线的客机的话。他们像是世界上仅有的人类生命，独自站在山峰之巅，头顶是低矮的灰云。

　　火山口一圈有近一英里长。大部分的路都在狭窄的山脊上，一边是近乎垂直的悬崖，另一边是完全垂直的悬崖。只有一个地方，火山口里的岩壁坍塌，形成了一些看上去像巨型台阶的东西，遮泥板绕过了那里。他们用二十分钟走完了一圈，途中偶尔停下来看看山口，或是远处的风景。

"哇，"艾登突然说，"这里好不一样！"

他们几乎回到了刚上来的地方，也就是水疗中心所在的山谷的顶部。此时此刻，他们望着一个与水疗中心所在的山谷平行的山谷，在岩石山脊的另一边。这座火山的坡度远不如其他地方陡，下面的山谷也很不一样。这里没有种类繁多的植物，近乎寸草不生。虽然有很少的灌木丛和一些树，但没有人会想在这里久留。

"我想是因为这里没有温泉带来的温暖和湿润。"乔说。

贫瘠的山谷渐渐消失在视野中，他们又回到了起点。

大家互相看了看对方，然后爱玛建议说："先吃午饭，然后下山？"

"好主意。"乔望向远方，爱玛和艾登顺着她的目光看去，"还记得我哥哥说过的关于云的事情吗？"

艾登笑着点了点头。他们刚来到山区的时候，英杰告诉过他们，云朵的形态能基本反应它们的"心情"。如果云看上去黑暗且愤怒，那就做好迎接暴风雨的准备吧。

现在他们周围的云看上去还可以，但是在远处，有一些不好的"预兆"正朝他们飘来。如果说有些云也许看起来很愤怒，那远处的这些云看起来就像是刚被人咒骂过，伤心至极。

"还有几个小时，那些云就会过来。"乔预测，"在那之前，我们得回到室内。"

"或者到热水池里！"艾登插嘴说。

"或者到热水池里。"乔笑了起来。

"那就这么决定了。"爱玛说。她站起身来,脱下背包。

"其实,"艾登若有所思地说,"还有一个地方我们没去过,而且我们还有时间。"

"是哪里?"爱玛停下来问,然后从艾登的笑容里,她读懂了他的心思,"艾登,不可以!"

艾登伸出食指,指向火山口底部。

第 九 章

四个接触点

"为什么?"艾登无辜地问。

"这个……"爱玛绞尽脑汁想找出一个弟弟不能走到一座活火山的火山口里去的理由,这还真困难。一方面,她知道他不傻,也不会故意冒险。遇到危急情况的时候,他都想办法生存了下来。如果她自己遇到危险,最相信的也会是弟弟。

另一方面,她知道他偶尔也会做出错误的判断。

"你觉得我们应该去吗?"乔问。

艾登耸耸肩，说："没人说不能啊。如果有护栏之类的东西，那就说明我们可能不应该下去，但是并没有，对吧？"

"就像我说的，"爱玛叹了口气，"他们相信你不是个傻瓜。"

艾登又笑了起来："就像我说的，我不是。"

"你要怎么下去？"乔妥协了。

他马上指了指他们来时的路，说："火山口边沿坍塌的地方，就是最好的选择。我们先过去看看，如果确实要借助专业设备，比如绳子之类的东西才能下去，那我就不去了。"

女孩子们互相看了看。

"他确实不是傻瓜。"乔指出。这一点爱玛当然知道。

"那就去看看吧。"她嘟哝道。艾登已经在前面带路了。

他们没忘记午餐的事。到了坍塌的位置，他们就坐在石块上吃水疗中心提供的食物。

终于，艾登说："那么，让我们看看情况如何吧。"他折好防油纸放进背包里，把背包留给女孩子们看管。

火山口边沿塌陷后，自然形成了一个碗的形状，从那里他们可以很容易地往下走。艾登小心地向边缘走去，从他站立的地方还看不到崖壁下面的样子，但他之前已经在其他位置认真看过了。从"碗"的边缘往下到火山底部，他知道是陡峭的山坡，山坡上布满了滚落的石头。如果路上有任何突出来的地方，他都得绕道而行，以免踩塌，导致人和石头一起滚入深渊。但看上去路面坚实，有些地方还生长着挺高的灌木。在有些平坦的地方，看上去像是铺了一层泥，顽强的野草已经生根。这一切都说明地面坚固，如果容易坍塌，这里不会看到任何植被。

接近火山口边沿时，艾登很高兴他看到了自己所期待的景象。在陡峭的山坡上散落着一堆滚落的石头，一直延伸到火山口的底部，石头的个头都比他小。

他坐在"碗"边，下到第一块石头上，然后转身朝女孩子们笑了笑。

乔举起手，说："记住你有四个接触点，两只手和两只脚。一次只移动一个点，另外三个点要牢牢抓稳。"

"我应该从贝尔·格里尔斯那里学过这个。"爱玛说。

"没错！"

"四个接触点。"艾登喊道，"明白了。"

下一块石头更难一些。他不得不转身反过来走，用脚去感觉。当他感觉脚牢牢踩住了什么东西时，会先试一试，然后才把全身的重量放上去。他抓住地面上的石头，然后慢慢地往下，如果感到脚下不稳，就马上再次抓紧上面的石头。

　　如果那东西托住了他，就可以继续往下爬。他的脸贴在冰冷的灰石上，能感觉到上面有碎砂石。这曾经是熔岩，他提醒自己。它们看上去像实心的石头，但熔岩就是浮石，跟在水池里看到的那个一样。浮石里面全是气泡和空洞，它们来自最初火山爆发时产生的气体。所以，有时候看上去坚固的东西，可能只有薄薄的外壳，里面却是空心的。如果他整个人踩上去，石头随时可能破裂。

　　一块石头又一块石头，一步又一步，艾登爬进了火山口。随着信心的增加，他的速度也加快了。不过他还是告诉自己不要爬得太快，也别忘了贝尔·格里尔斯关于攀爬的建议。

　　最后一块石头，离泥浆仅有一米远了，他甩动双臂，跳了下来。伴随着微弱的"啪嗒"声和"咚咚"声，艾登的靴子踩在了火山口的底部。

小贴士

攀爬时要记住自己有四个接触点（双手和双脚），每次只移动一个点，剩下三个要牢牢抓稳。

第 十 章

艾登湖

"嗯。"艾登环顾四周,"我做到了。"

不得不承认,他现在感觉自己就像是站在一片泥地里,高高的悬崖环绕在四周。他弯下腰,用手指拨了拨地面,然后放在眼前晃了晃。这泥又滑又黏,有点像黏土。

这里没有雪。虽然他们并不觉得十分温暖,但从火山口底部冒出来的热气,一定足以融化任何积雪了。

从火山口边沿往下看的时候,他试图去想象这里火山爆发时的景象。现在，他又尝试这么做，却失败了，大脑不愿意呈现那样的画面。他曾经差点被困在一栋着火的大楼里，与之相比，火山爆发可是要热上几亿倍，他死得速度也要快上几亿倍。

艾登转过身来，伸长了脖子往上看。他发现看不到女孩子们，只能往火山口的中心走，直到能看到她们。他朝她们挥挥手，她们也跟他挥挥手。然后，艾登在原地慢慢转了一圈，认真看了看环绕四周的岩壁。突然，他感到自己如此渺小。四面八方都是熔岩，只有头顶有一片圆形的天空，这就是苍蝇被放在显微镜下的感觉吗？

站在这里，泥地上硫黄和其他化学物质的颜色并不明显。他尝试着把重心从一只脚转移到另一只脚，地面感觉很实。他知道自己正踩在一根"管子"尽头的"塞子"上，"管子"一直通往地心。这种感觉真奇妙。

火山口底部从四周往中间向下倾斜，正中有一个巨大的泥泞的水坑，大约有三十米宽。里面的水静止不动，跟周边泥地的颜色几乎一模一样，是棕色的，很不好看。在上面的时候艾登没看到这个水坑，不知道有多深。

艾登一直往前走，直到水拍打在靴子上。他在脑海里想象的是天池，那是在长白山火山口里的湖，湖水湛蓝，十分美丽，乔老是说那里有多么漂亮。大堂的展示屏上介绍说，它是世界上海拔最高的火山湖，有近四百米深。

史前爆发的圣托里尼火山口已经灌满了海水，那里的面积之大，现代邮轮都可以进入停泊。

与之相比，这个小水坑根本不值一提。

"你就叫艾登湖吧。"他大声宣布，然后，他又朝四周看了看，"好的，现在著名的探险家艾登·托马斯已经抵达了一个新世界，即将探索……"

第 十 一 章

水柱

艾登知道他大概不是第一个来到这里的人。爬下来的路很简单，任何比他高的人，也就是说所有大人、很多青少年，都可以爬下来。但是这里没有任何别人来过的痕迹，那就发挥一下他自己的想象力吧。

不过，他发现已经没有什么其他的地方可以探索了。

"好吧，伟大的探险家艾登成功爬进了一座火山，现在，为了证明这并不是运气，他要再爬出去。"

不知道为什么，想到地心的热量就在脚下，他有些不安。尽管他知道爱玛和乔都会跟他说，地球是一个球体，不管你站在哪里，地心的热量都永远在你脚下。

他转身准备离开。

咕噜咕噜。

明明四下无人，他却听到了声响，没有什么比这更出乎意料的了。艾登惊讶地停住了，低着头，驼着背。

这声音听起来像是有人想使劲吸走最后一口饮料，或者最后几滴水从堵塞的浴缸里流了出去，只是比它们要响亮一千倍。

他慢慢直起身子，几乎不敢看那是什么，但他还是转了过来。

他眼前的艾登湖正在流干。水中央出现了一个漩涡，棕色的水旋转着流入火山的深处。水坑的边缘迅速收缩，几秒之内，整个水坑就完全消失了，只剩下中心的一个黑洞。原本水坑的位置，正在慢慢被泥浆填满。

艾登惊奇地看着。他朝前走了一步，但直觉告诉他，这是未知的事物，或许还是远离为好。

突然间，一股棕色的脏水喷射出来，形成了十米高的水柱。艾登吓得摔倒在地，只见水柱在最高处变成了灰色的雾气，然后如雨点般洒落下来。

"天哪！"

他一边爬起来，一边戴上帽子，以防被泥雨淋湿。洒下来的泥浆暖暖的，像是刚打开热水水龙头时的感觉，最热的水还没流出来。

"好吧，著名的探险家艾登应该听从自己的建议，现在必须离开了！"

还没来得及移动半步，火山又给了他下一个"惊喜"。

泥浆喷洒的范围比艾登湖要大得多，之前水坑的位置已经没有水，变成了一大片湿润的泥地。

艾登看到，这片泥地开始向上隆起。

第 十 二 章

泥泡泡

"天哪，这不是在开玩笑吧……"艾登嘟囔着。之前的"湖"变成了一个泥坡，而且越来越大。

"艾登!"他听见爱玛在喊，"快上来!"

"马上!"他喊道，飞速朝岩壁坍塌的地方跑去。

身后传来他无法形容的声响，像是在用世界上最响的扩音器播放一百万个饱嗝。他知道气泡破了，能感觉到有泥块打在背上，一股潮湿的空气从身旁吹过，散发着硫黄、泥浆和蒸汽的恶臭，感觉像是有一只巨大的野生动物朝他呼了一口气。

跑到坍塌的位置时，他最后朝身后看了一眼。那里出现了一个比之前的水坑还大的泥坑，如果他没有跑开，可能已经被吞噬了。

泥坑开始扩张。

艾登转过身来，开始迅速往上爬。

他手脚并用爬得很快，想赶紧离开火山口。但他爬得有点太快了，向上爬了大概三米的时候，一脚没踩稳，靴子滑了一下。

"啊！"

他重重摔倒在地，牙齿咬到了舌头，好痛。艾登向后滑了几米，才控制住自己停了下来。在那之后，他爬得速度更慢，更小心了。

"四点接触，一次只移动一点。"他不断对自己说。爬得慢没关系，只要每一下都爬得稳，一点一点地往上爬就行了。

在艾登看到火山口边沿之前，底下的水坑又冒出了两个泥泡泡。女孩子们等着他，都急得跳来跳去。他朝她们挥挥手，准备攻克最后一段路。

一些砂石从艾登前面的石头上掉了下来，这是最早的预警。然后"咣当咣当"，石块也掉下来了。

接着，他感到下面的熔岩开始震动。

"艾登！快！"女孩子们喊道。

"快了我就会掉下去。"他小声嘟囔着。他现在要做的，就是抓住碗状部分的边沿。然后，攀爬就结束了，他可以直接跑到火山口边沿。

边沿只有几米远了。

但突然之间，他和边沿之间只剩下了空气，原本在那里的石块都滚落到了火山口中。

艾登使劲摆动双臂保持平衡，才没有跟着掉下去。他惊恐地看着碗状部分的边沿，那里只有几米远，看上去却十分遥远。

朝下看，艾登发现自己站在一条细细的裂缝边，裂缝有五米深。要到达"碗"边，他需要爬下裂缝，再爬上去。

如果裂缝变大了呢？他心想，或者我在下面的时候，裂缝又合起来了呢？

"艾登！"乔叫道，女孩子们赶紧走到"碗"里，现在离艾登只有几米远了，"你可以跳过来吗？"

"这大概有两米，"爱玛补充道，"你可以的。"

"但是要助跑才行！"艾登大声回复道，"在这里我没法助跑，太陡了。"

"你能立定跳远吗？"乔问。"用力挥臂，然后跳……"

"我明白你的意思。"艾登不情愿地盯着裂缝，他想不到任何其他的办法了，还好没背背包，少了一些重量，"或许……"

他弯了弯腿。

"等等！"爱玛突然说，"别动！"

爱玛小声对乔说了些什么，乔点点头，然后她们又跑回到了火山口边沿。

"别动?"艾登大声喊道,"你觉得现在这种状况我能去哪儿?"

女孩子们在地上摆弄着什么,艾登突然明白了她们的用意。她们抬着一块大约两米长的遮泥板站起身来,然后又走回来,把遮泥板放在裂缝旁。接着,两人合力抬高遮泥板,把它竖了起来。

"往后站。"爱玛说。她们小心地放开手,遮泥板像吊桥一样倒了下来。

刚好够长。碰到地面的时候遮泥板弹了起来,它再次落地的时候,艾登马上跑了上去。

板子只靠两端支撑着,艾登的重量让中间弯了下去,十分吓人。艾登全速向前,半秒就跑到了对面。

艾登的脚踩到地面、重量离开遮泥板的一刹那,遮泥板就弹了起来,然后掉入裂缝中,"咣当"一声砸在石头上。

"你太聪明了!"艾登喘着气说。

爱玛笑道："当然！我是你姐姐。"

"只大九分钟的姐姐。"艾登不假思索地说。

"漫长的九分钟。妈妈说的。"

"走吧？"乔说。他们赶紧回到了火山口边沿上的小路。

"希望他们不会找我们要遮泥板的钱。"艾登说。

"下面怎么了？"爱玛问，"是爆发了吗？"

艾登皱着眉头想了想，说："应该不是。我的意思是，不完全是，不是熔岩和火山灰。我觉得就是地底下的压力太大，需要把蒸汽释放出来……"

"不管是什么，我们不能再待在这里了。"乔说。

"同意！"双胞胎异口同声地说。

"我们应该……"艾登刚开口，就被一阵低沉的轰隆声打断了，声音像是来自地底深处。

第 十 三 章

喷射的蒸汽

　　三人面面相觑。这是一种他们以前从未听过的声音。他们最近听过雪崩时积雪坍塌的声音，也听过火山里奇怪的声响。现在听到的声音十分低沉，与其说是听到的，不如说是感受到的，就像是在木地板上听超重低音音响放歌一样。如果不是看到另外两人的反应，艾登可能还以为是自己的想象。

　　在他们附近，只有一样东西能发出这样低沉、危险的轰隆声。就算艾登觉得火山没有爆发，但在他脑海里，仿佛已经看到岩浆喷薄而出的画面了。

虽然不情愿，他还是紧张地朝火山口里看了一下。如果火山要爆发，现在也没法改变什么了，而且，应该很早之前就有人注意到了征兆。他们都死定了。

他松了一口气，发现自己无须担心。幸好，火山口里和之前没什么两样。或许多了一些蒸汽，但除此之外，没有更多的变化。

然后，山谷里传来高分贝的警报声。他们虽然以前没有听到过，但也知道这意味着有危险。警报声是从水疗中心传来的。

他们跑到山顶道路的最高处，朝下面建筑物的方向看去。

在他们下方两百米处的地方，一股蒸汽从山坡上喷出，穿过树冠，像是有人打开了隐藏在树林里巨大的阀门。三四十米之外，又有一股蒸汽喷出，然后是第三股，第四股。几股蒸汽在山坡上形成一条直线。

树木开始移动，仿佛喷射出的蒸汽在推动它们。整个山坡开始下陷，树木倒塌，鸟群飞出了树林。树木发出的"嘎吱"声传入艾登、爱玛和乔的耳中，山体滑坡带来的震动顺着山体传到他们的鞋底。他们像脚下生了根一样一动不动，不可置信地看着眼前的一切。山体仍在滑动，慢慢变成了一堆土、石头和断裂的木头，无情地朝水疗中心移动。

"天哪！快逃。"爱玛惊恐地小声说道，"快逃……"

然后，她深深吸了一口气，无助地嘶吼道："快逃！"

艾登和乔也加入了进来，用最大的声音呼喊着，挥动着手臂来吸引注意。这是他们唯一能做的事情。

他们不知道自己的声音有没有传到下面。他们可以看到大门和停车场。人们已经在逃离了，从建筑物里跑出来，跳进汽车里，踩足油门离开。

他们其实是不需要大声喊叫的。山体滑坡慢慢吞噬了水疗中心的下层露台，不过那里没有人。山谷的自然形状让山体滑坡继续沿着谷底移动，而没有带走建筑物和水池。这里得有几千吨的泥土和石块，但移动起来就像液体一样。山谷上一片朦朦胧胧，蒸汽和吹散的泥土飘荡在空中，警报声慢慢停止了，喷射出来的蒸汽也消失了。

"大家都逃出去了，对吧？"乔的语气像是在祈求其他人给出肯定的答复，"没有人在露台上，他们有充足的时间……所以，没有人受伤……"

她没有再说下去。山体滑坡带来的毁灭性破坏让他们三个都惊恐不已。他们所目睹的这一番景象，远远超过大脑的承受能力。火山是一座山啊，看上去如此稳固，怎么可能移动呢？

可是这座火山就这么开始移动了，像是一个巨大的儿童玩具。

艾登知道这不仅仅是山体滑坡，喷射出来的蒸汽就是线索。有什么东西让地下水的温度变得过高了。

"热水池……"他突然意识到，"不是因为冷水阀坏了，是因为火山突然活跃起来了……"

现在轮到他惊恐得说不出话来了，千年难遇的事情正在发生……就是现在。

"快走！"他开始朝下山的路冲去，"在这玩意爆发之前赶紧跑。"

爱玛紧紧抓住了艾登的肩膀。

"别走那边。"她满脸愁容地说，"你看。"

下面的蒸汽散开了，显露出和之前不同的景象。小路的前五十米还算通畅，然后就突然被切断了。从火山口回去的路上，已经是一片断木和熔岩的狼藉。

第十四章

无色，无味

他们惊恐地看着被毁坏的小路。艾登感觉自己像是被夹在了两个不可能的选择之间。往前走，那条混乱之路可能坍塌；留在火山上，他敢肯定火山随时有可能爆发。

"另外一条路！"爱玛说。乔和艾登茫然地看着她，刚才目睹的一切让他们的脑子还在发麻。

"这是一条环线！"她提醒他们，"还有另外一条回去的路，记得吗？就在这边。"

她开始近乎小跑地沿着火山口往前走，另外两人立马跟上。

下山的路标志清晰，但这次轮到艾登说"等等"了。

女孩子们不耐烦地看着他。

"我们不应该太着急。"他说，努力让自己保持冷静，"现在已经发生了太多的怪事，我们做每一件事的时候都要小心谨慎，认真思考。我们刚才也看到了，一旦出现问题，就很难挽救了。"

"所以，你的建议是什么？"爱玛问，"这是下去的路。"

"我们能保证这条路不会通往山体滑坡的地方吗？"他理智地问。

女孩子们的表情告诉他，她们没想到这一点。

乔朝下看去，只能看见小路转了个弯，然后消失在树林里。

"它向右拐了……"乔指出。

"所以，那是山体滑坡的方向。"艾登马上说。

"它应该会拐来拐去。"爱玛想了一会儿说,她闭上眼睛,手指在面前慢慢地比画着,脑子里想象着地图上的各个转弯处,"我的意思是,上面的这条路转到了火山的这一边。我们知道这条路的终点在水疗中心的另一边,所以它一定朝另一个方向弯得更多,也就是山体滑坡的反方向。"

艾登最后看了一眼火山口。

"好吧,我准备好冒这个险了。"

"我也是。"乔说。

爱玛也表示同意。

他们走上了选定的路。恐惧让他们想要快速奔跑,但理智还是迫使他们慢下来,不受控制地跑下山很可能会弄伤自己。

走进树林,小路确实向右拐了。但是在那之后,马上又拐向了左边。这在他们之前站的地方是看不到的。之后的五十米,笔直的山路从树林里穿过。

之前经过两个转弯处时，他们减慢了速度，到了直路，就又能加快脚步了。他们朝着山体滑坡相反的方向走去，艾登笑了起来。

有什么东西在路的前方。一个小小的、毛茸茸的东西，像是一只死兔子。

艾登走近一看，发现那真是一只死兔子。真奇怪，不过还有其他的事情要担心。

一只乌鸦停到枝头上。艾登记得山体滑坡发生的时候，它们都飞走了。现在这些树都不再移动了，可能它们觉得安全了，可以飞回来了。

如果他们现在不是在全速奔跑，而是在走路的话，他或许会指着乌鸦笑着说："看，鸟都觉得没事了……"

就在这时，乌鸦突然从树枝上掉了下来，就像被一只无声的枪击中了。它根本没尝试起飞，现在一动也不动。他们知道它死了。

艾登想起了什么。

火山爆发求生知识一

小心无色、无味却有毒的一氧化碳，大部分因火山爆发而死的人都死于这种毒气。

无色……无味……有毒……

他深吸一口气，停了下来，挥舞双臂保持平衡。

"停下！马上停下！"

艾登停下得很突然，女孩子们一下子从他旁边冲了过去，但很快也停了下来，又回到艾登站的地方。她们也看到了死去的动物。

"我们必须回到山顶！现在！"

艾登没有做更多的解释，拔腿就往回跑，女孩子们紧跟其后。

"一氧化碳。"他边跑边说，"很危险，而且闻不到。它们正从火山下面的某个裂缝处冒出来，就在我们刚才要去的地方。"

他们没有再说话，一口气跑到了火山口边沿，三个人都跑得气喘吁吁。

"所以，我们怎么肯定待在这上面就安全呢？"爱玛问。

"我们没办法肯定，不是吗？"乔说。

艾登摇摇头。

"我们只知道我们在上面，不在下面。还有……"他停住了，若有所思地转过头，让风吹在脸上。当两边脸颊感受到的风力均等时，他知道自己是正对着风，背对着来时的路的，这让他松了口气："一氧化碳在我们的下风处，会被吹走的。"

爱玛看上去仍很焦虑。

"我们又回到了原点。"她说。

他们都安静下来，思考着可能的选择。

"水疗中心的工作人员知道我们在这儿。"乔说，"他们会找人来救我们的。"

"你的意思是，就在这儿等着？"爱玛对这个选项表示怀疑。

乔耸耸肩，说："贝尔·格里尔斯说过，有时候最佳方案就是原地等待救援。"

"如果他下面有一座即将爆发的火山，他大概就会动一动了。"爱玛说。

"确实。但是，我们能去哪儿……"

"还有另一条路。"艾登说，"跟我来。"

第 十 五 章

火山灰坡

　　他们第二次来到那个贫瘠的山谷前，它看上去依然毫无吸引力。

　　"看到了吗？"艾登指着远处光秃秃的石坡，"很陡，但我们可以下去。然后……"

　　沿着山谷，艾登用手指在空中比画出他们要走的路线。那里没有树，只有一些耐寒的灌木，其余的地方都是石头和泥浆。

　　"这个山谷和水疗中心所在的山谷是平行的。"他说，"只要走到下面，就一定能看到去水疗中心的公路。到时候沿着公路走，就会有人接我们了。"

乔指出了一个重要的细节。他们知道山谷蜿蜒曲折，但第一个转弯处后面的路，他们就看不到了。而在那里，几股白色的蒸汽从岩石后面飘了出来。

"那下面有蒸汽，"她说，"还有火山的活动。"

"这里的每个地方都有火山的活动。"艾登说，"如果那里释放了一些压力，"他指着发生山体滑坡的地方，"就可能意味着压力不会在其他地方积攒，所以其他地方是安全的。相对来说，比待在火山顶上更安全。"

乔的脸上有了一点笑意。

"你说服我了！"她说着，就准备开始下坡。

刚迈开腿，乔就差点摔倒了。

"哇！"她踉跄地后退，挥舞双臂保持平衡，站在她身后的艾登不得赶紧让开。

乔站稳了身子，没有摔倒。

“没事。”她盯着双脚说。脚下的路是灰灰的砂石，上面铺了一层粉末状的东西，再加上他们要走的是火山的山坡，怪不得乔差点摔倒。

艾登蹲下用手指戳了戳砂石，很干，很粗糙。但奇怪的是，搓搓手指又感觉滑滑的，几乎像是在搓肥皂。他把灰擦在裤子上，皮肤上还是留下了灰色的印子。

“我觉得这是火山灰。”他说，“类似粉碎了的熔岩，曾经在地底深处。”

“我们还是晚点再欣赏吧。”爱玛建议说，“火山……暴风雪要来了……”

“收到。”艾登很快站了起来。

接下来的几分钟不太好过。他们三个从山坡往下走，每走一步都尘土飞扬，靴子和裤腿都变成了灰色。地上的火山灰太滑了，抬脚的时候抓不住地面。

爱玛和乔试图用登山杖稳住重心，这么做虽然不会摔倒，但也减慢了速度。艾登发现最好的下山方式，是一边走，一边侧身滑，手臂张开保持平衡。这么走手累腿也累，回头望去，他们只离开了火山口几米远。花了这么多力气，却进展缓慢。

"真气人。"爱玛嘟囔着，"脚一直往下溜，根本不受控制。"

艾登慢慢停了下来，打量着斜坡想了想，还有至少五十米才能到达平地。

"我记得贝尔·格里尔斯是这么做的。"他说，"如果你的脚不愿意停，那就继续走。看……如果不成功，别学我！"

说完，他蹲了下来，出发。

第 十 六 章

碎石奔跑

在飞扬的火山灰中，艾登一路跑下去，差一点就摔了个"狗吃屎"。重心放低，他告诉自己。头是全身最重的部位，所以尽量保持下蹲的姿势。重心越高，越有可能摔倒，蹲得越低，重心越低。

山坡快速从脚下掠过。没必要站直，身体知道如何奔跑，无须干涉。脚自动动了起来，一步又一步，在快要摔倒的时候刚好控制住身体。艾登以前从没意识到，走路和跑步的本质就是让身体开始摔倒，然后在摔倒之前，让身体稳住。

从又滑又陡的山坡上下来时，可以采取这个姿势，快速又相对安全。

仅需几秒，他就到达了平地。在惯性的推动下，他又跑了一会儿，然后直起身子，自然而然地停了下来。

他转过身，又跑回了坡底。

"就这么做！"他愉快地喊道，"这叫碎石奔跑。放低重心，然后就跑吧！"

一分钟后，女孩子们从艾登身边冲过，跑得火山灰到处都是。她们挥舞着四肢，试图让自己停下来。艾登追上她们，问："怎么样，不错吧？"

"让我们顺利下山了。"乔笑着说，"这就很不错了。"

头顶发出一声微弱的轰隆声，三个人的脑袋立刻抬了起来，三双眼睛朝火山口看去。

还没什么动静。暂时还没有。

"快。"艾登小声说，"赶紧离开这里。"

山谷在他们面前铺展开来——泥浆、石块、火山灰，和从高处俯瞰时一样荒凉惨淡，中间有一条像蛇一样蜿蜒的小溪。在前面的转弯处飘出了一些蒸汽，就是他们在上面看到的那些。他们也不知道转弯处后面是什么，只知道那是唯一的出路。

刚走了几步，爱玛就停了下来。

"等等。"她在一块石头上坐下，开始解鞋带。

艾登不耐烦地看了一眼火山："你不是吧？"

姐姐抬了抬眼皮，严肃地看着他说："我们都还记得，你假装脚一点事都没有的时候，发生了什么。"

艾登的脸一下子红了。

"好吧，知道了。"

几周前，他们不得不在野外滑雪。不合适的滑雪靴磨破了艾登的脚，亚冻伤又使得脚上的血液无法循环，他差点就因此残废。当时虽然脚很疼，但艾登却一直在坚持，并没有告诉其他人。这意味着他把自己和亲友都置于风险之中，如果他们突然需要他的帮助，在那种情况下，他做不到。

爱玛脱掉靴子，倒过来使劲敲了敲，一些类似细尘的东西飘了出来。

"之前鞋带绑得不紧。"她说，"有些火山灰进去了。就几秒钟的时间，我已经觉得磨脚了，感觉那些碎屑很尖！"

艾登想起了展示屏里的视频。

"是的，很尖。基本上就像玻璃，而且是磨得非常细的玻璃。看上去软软的，但如果不处理的话，会割伤皮肤。"

爱玛本来准备要穿上靴子了。

"既然是这样的话……"她又放下靴子，脱下袜子，使劲在石头上拍了拍，"可不能被这些东西弄伤了。"

爱玛重新穿上袜子和靴子，紧紧绑好鞋带后，笑着站了起来。

"感觉好多了！"

又一声"轰隆"从身后和头顶传来。

"快走，"艾登说着，最后朝火山上看了一眼，"出发吧。"

这回没有人停下了，他们匆匆朝山下跑去。大家都知道，如果火山现在爆发，他们无处可逃。

第 十 七 章

苍凉的山谷

"我完全理解为什么这个地方不在水疗中心的活动清单上了。"爱玛说。

"我不理解。"艾登若有所思地说,"这里也有那些东西。"

"那就要看你有多喜欢石头和泥了。"乔看着前面,补充说,"还有蒸汽。"

这个山谷十分苍凉,让艾登想起了月球的照片。这里几乎没有植被。水疗中心所在的山谷里,温暖的空气和蒸汽里的水分,让植物迫不及待地生长起来，但在这里，它们却十分不情愿的样子。这个山谷比水疗中心的山谷要宽，刺骨的寒风径直吹过，如果没有穿防寒的衣服，一定会冷得直打哆嗦。艾登猜想，这也是这里没有植被的原因。

为数不多真正的色彩是还没消融的白雪。还有地上红色和黄色的彩纹，表明存在更多的火山硫黄，好像浓烈的臭鸡蛋味还不足以证明它的存在一样。

"不管怎么样，这里很平坦，走起来很容易。走吧。"艾登说。

他们并排而行，艾登走在中间。他甚至感激现在能走在平路上，因为今天他已经走了很多陡坡了，对此，他的双腿"深有体会"。他朝两边看了看爱玛和乔，她们正拄着登山杖大步向前。艾登告诉自己，下次他也要带上登山杖。不过，这不代表他就承认这次自己做了错误的选择。

蜿蜒的小溪在泥里形成了一条半米深、几米宽的小沟，几英寸①深的清水从泥和砂石地上流过。走近第一个转弯处时，小溪离山谷的边缘越来越近，导致他们不得不排成纵列行进。水深不及膝盖，他们可以直接蹚过去，但会弄湿靴子，所以暂时还是在干燥的陆地上行走吧。

一块大石头挡住了去路，他们只得紧贴石块，避开小溪，侧身而过。还好在这之后，小溪开始往山谷的另一边流去，给了他们更多的空间。

绕过转弯处后，就能看到小溪的源头在哪里了。小溪斜着从他们身边流过，它流入的地方，让艾登想起了之前看过的战场的照片。

泥地上布满了小坑，就像是经历了大轰炸，一缕缕蒸汽像硝烟一样飘过。

咕噜咕噜。

毫无征兆的，几米之外隆起一个小泥坡，长到

---

① 英寸：英制中的长度单位。1 英寸合 2.54 厘米。

半个足球那么大时，突然就破了，一股蒸汽飘上天空，地上留下了一个小坑。现在艾登知道其他坑的来源了。

"蒸汽就是沸腾的水。"乔说，"我们应该远离。"

另外两个人点头同意。

还好有足够的位置绕过热泥区。目之所及都是平坦的泥滩，但蒸汽都集中在溪水流过的那一边。前方的路看上去很正常，跟他们之前在谷底走过的路没什么区别。

又一声"轰隆"让他们不寒而栗。但他们并没有回头，他们已经习惯了，只是更加坚定向前走。

只是，这次"轰隆"声没有停止，而是一直"盘旋"在空中。他们慢慢停了下来，不安地看着彼此，又看了看周围的情况。他们不想完全停下来，因为如果有危险，就需要逃离。但如果走得太快，又有可能直接撞上危险物。

艾登小心地看了看冒出蒸汽和泥浆爆破的地

火山爆发求生知识三

蒸汽就是沸腾的水，一定要远离充满蒸汽的地方。

方，跟之前没什么不同。

他转着头四处张望，能看到什么有东西在动，还能听到石头撞击、破裂的声音。

山坡上，那些被震得松动了的石块向他们滚来。

第 十 八 章

薄薄的表面

"当心！"艾登喊道。

他开始逃离落石。刚跑了几步，就停住了，原来他正朝滚烫的泥浆跑去。这可不是一个好主意。

落石的声音越来越近。爱玛开始沿着山谷跑，然后也停住了，这样跑是不可能及时避开石块的。她只得又往回跑，但艾登已经看出来了，这同样毫无用处。

只有乔跑对了。

"来这边！"她大喊着朝山谷边跑去，也就是石头落下的地方。

乔躲在了一块大石头下面，爱玛和艾登明白了她的用意，也躲了进来。在惯性的作用下，落石从他们头顶飞过，滚向山谷。

三个人挤作一团，石块四处飞落。艾登是趴着的，泥浆的味道非常呛鼻。每落下一块石头，大地都跟着颤动一下。他知道，任何一块石头都能把他砸瘪。还好乔反应快，他们现在是安全的。

石头持续滚落了有一分钟，然后慢慢停了下来。

"结束了吗？"艾登喘着气问，鼓起勇气抬起头。女孩子们也抬起了头，竖起耳朵，注意着任何可能是石头滚落的声音。

"应该是的。"爱玛小心地说，仰着头，生怕错过哪怕最细微的声音。

"但愿如此。"乔说，"因为你们两个都好重。"

艾登和爱玛从乔的身上爬下来。艾登小心翼翼有石头从山顶滚落时，向着石头落下的方向跑，可能更安全。记得寻找坚固的遮蔽物，躲在下面。

地从石头后探出头来，眯起眼睛往山坡上看去。没有任何动静，他大胆地站直了身子，拍了拍身上的灰尘。

"谢谢你，乔。"他真诚地说，"我还真想不到要朝着危险的方向跑。"

"这很合理。"乔简单地说，手在裤子上擦了擦，"要去石头掉不下来的地方。"

"你救了我们。谢谢。"

"石头也救了我们。"爱玛轻声说，"看。"

她用登山杖指了指，乔和艾登顺着她指的方向看去。

前面有落石，其中一些落石深陷在泥浆之中。

有一块落石离他们只有几米远，正躺在自己砸出的坑里，泥浆正慢慢填满那个坑，蒸汽从裂开的表面升起。

"还有几秒我们就会走到那里了。"爱玛说。她用登山杖在前面的地上戳了戳，什么也没发生。于是她走到了刚戳过的地方，然后再往靠近落石的地方戳了戳。

地面看上去没什么不同，都是棕灰色的泥地，但登山杖立刻滑了出去，像是在用刀子切黄油。登山杖在地上戳出了一个洞，爱玛晃动了一下杖杆，戳出的洞变大，更多的泥溢了出来。

爱玛举起登山杖，认真看了看沾了泥的地方，又小心地用手摸了摸。

"这些泥只是一层薄薄的表面，下面的泥非常烫。"她说。艾登一想到可能会发生什么，忍不住吞了一口口水。

"肯定承受不了我们的重量。"他想了想说。

"我们会掉下去，然后……"

"严重烫伤。"乔说了下去，"三度烧伤。可能直接把皮肤烧掉，也可能直接把我们烧死。"

他们朝前望着看似安全，实则危机四伏的泥地，还有那块"泄露机密"的石头。艾登在心里对石头说了声"谢谢"。

"我知道了,"艾登说,"我们非要走这条路吗?"

"这是唯一的路。"爱玛直接地说,"但是我们不需要走到那里去。来吧,尽量靠着山边,如果要在泥上走……"她又戳了戳地面,"我有这个。"

他们再次出发了,比之前更加小心,绕过躺在冒着热气的坑里的石头,每走一步都要经过的爱玛的试探,好像在穿越地雷区一样。

又多了一个危险,艾登心想。

不对,是两个。在已有的那个之上。

本来身后已有火山,现在还有可能掉落的石块,脚下有灼热的泥浆。

三者都可瞬间致命。

第 十 九 章

热和冷

三人步履轻盈地沿着山谷走着。爱玛心想，不能太快让自己筋疲力尽，也不能太慢，要离火山越远越好。

山谷越来越像月球表面了。地上的石块越来越多，有时候他们要从石头中间穿过。他们已经把冒着泡的热水抛在了身后，但依然走在小溪的旁边。由于他们身后火山的活动，小溪的水温很高，冒着蒸汽。

身后的轰隆声持续不断。他们不再向后看，也不再因此担惊受怕。

"我们正以最合适的速度前进，也只能这么做了。"爱玛说。其他两个人点点头。

滚烫的溪水仍在谷底蜿蜒。一开始这不是什么大问题，仍有很多空间供他们行走，直到左边又汇入一条溪水。

他们在两条溪水汇集的地方停下。第二条溪水从山坡的另一侧流下来，完全是相反的方向，离热泥地也很远。爱玛怀疑它并不是热的，至少没有冒热气。她用手试了试，很快确认这股水是冰凉的。

"加上助跑，我们可以跳过去。"艾登说，爱玛也点头同意。不想让鞋子里灌入冰水的话，没有别的办法了。

冷水从侧面流入热水，在两条溪水汇集的地方，两股水流汇出了一个半圆形的水池。爱玛心想，从上往下看的话，两条溪流像是被一个球形接头连在了一起。这对他们来说有点太远了，跳不过去。

"我们往上游走一点吧。"爱玛说,"那里的水比较窄。"

他们往回走去,又沮丧地停了下来。

"不是吧……"艾登小声说。

火山几乎消失在了白雪之中。在他们因其他事情分神的时候,之前还在远处的暴风雪已经来到了身后。

"是暴风雪吧?"爱玛面无表情地说。他们已经经历过一次,知道事情发展的速度有多快。全世界变成白色,寒冷至极,如果无处躲藏,可能会被冻死。

乔作为经验丰富的山区"原住民",点了点头。

"还有十到十五分钟就要到这儿了。"她转身朝山谷看去,"这次我们绝无藏身之地。"

第 二 十 章

天然的热水池

　　爱玛也转身朝山谷看去，即使她已经知道乔是
对的。上一次遇到暴风雪的时候，地上的雪已经很
厚了，厚到足以让两个女孩子挖一个雪穴，在那儿
度过一晚。

　　现在的雪根本不够。

　　"可以躲在石头后面避风吗？"艾登问，"挤在
一起，就像刚才那样？"

　　"比什么都没有强。"乔表示赞同，"不知道暴
风雪要持续多久，我们可能会被埋在雪里冻死。但

躲在石头后面的话，也可能不会。"她四处看了看，
"那一块怎么样？不会太暖，但……"

暖。爱玛想了想。

暖……

她似乎有了主意，朝脚边的水池看去。水池里
是冷水，热的小溪从它旁边流过。

"快，"她大声说，"我们的父母是工程师，艾
登，我们能做到。"她看着水池，脑子里想着要怎
么做。艾登和乔正准备往石头那儿跑，这下又期
待地停了下来，焦急的心情写在脸上。雪花开始
落下。

"坐在冷水里，会冻僵。"她说着，思路变得清
晰，"如果跳入热水里，会被烫死。但我们可以混
合一下，对吧？我们需要把热水引入到冷水池里。
开干吧！我们得从另一边入手，所以……"

正说着，爱玛已经朝后退去，为助跑起跳做准
备。她吸了一口气，突然朝热的溪水跑去。她成功

地跳了过去，落在远处的河岸。她马上又开始寻找所需的东西，不远处有一块比足球大一点的石头。她在石头旁边蹲下，说："类似这种……如果不太重的话。"

她把手伸到石头下面，做好准备，直起腰板，然后站了起来。让她惊讶的是，石头似乎被抛了起来，速度之快让她差点就把石头扔到了身后。

通过助跑，艾登也跳了过来，然后成功在爱玛旁边落地。他高兴地笑了起来。

"是熔岩！"他笑着说，"里面都是气泡，所以比实心的石头轻得多。"他蹲下捡了一块。紧接着，乔也跳了过来。

爱玛研究了一下热的小溪，以寻找最佳的位置。然后，她把手里的熔岩扔到了水里，溅起不少水花。

一块熔岩本身不能造成多大的影响。但随着身边的积雪越来越厚，孩子们也让小溪里的石头变得越来越多。他们正在建一个用熔岩块做的小码头，熔岩块沉落在小溪底部的泥浆之中，立得很稳，使得他们可以站在上面，然后在更远的地方放置更多的熔岩块。水溅在他们的靴子上，但没有进到靴子里。

很快他们就看到了成效，热的溪水很明显被引到了冷水池里。

爱玛蹲在石岸边，把手指伸进水池里。她抬起头看了看越来越近的暴风雪，远处的山谷已经完全消失在雪墙之中了。天和地交融在一起，只有白茫茫一片。致命的家伙靠近了，只要跳进暖水里，就可以躲过去。

"只能这样了。我们要跳进去。"

"如果这样跳进去，衣服会湿透的。"乔说，"然后再出来的时候，衣服都会冻住。"

"我们背包里不是还有泳衣吗?"爱玛抱歉地看了看艾登，"你只能穿着内裤了……"

艾登笑了笑，说："没事！我还有泳裤！"

他们三个又向大石头跑去，不是为了避开风雪，而是以最快的速度换衣服。换好衣服从石头后面出来的，那池暖水已经若隐若现了，池子上空冷风刺骨。

三人同时入水，水不是很深，他们要躺下才能完全浸在水里。

爱玛可以感觉到水底软软的泥浆在她的背上拍打，类似早上的泥浆浴。但能舒服地泡在热水里，这不值得一提。寒冷的感觉马上消失了，骨头吸收着这美好的暖意，她不再打哆嗦了。

他们就这样仰面躺在天然的热水池里，只有脸露出水面。暴风雪如期而至，世界变成了冰冷的、致命的白色。

第二十一章

水池避难所

"动物就会这么做。"艾登想起了一部很久以前看的自然纪录片,"我的意思是,躲在热水里避开糟糕的天气。"

这个水池的温度跟水疗中心热水池的温度差不多。他们能感觉到热水和冷水的流动和交融,但水温不会过凉或者过热。水的深度刚好够他们三人躺下,热气飘浮在空中,他们的脸也不会被冻伤。雪花落在脸上马上就融化了,就像是有昆虫在脸上爬。艾登什么也做不了,只能用意志力保持不动,去习惯这种感觉。

最好的办法是闭上眼睛，因为如果睁开眼睛，雪就会模糊视线。而且也没什么可看的，只有一片白色。如果他不是躺下了，能感受到背后滑溜溜的泥浆的涌动，根本无法分辨天上地下。

"难怪动物喜欢这么做。"乔说。因为是躺着的，艾登看不到乔，但能听到她声音里的笑意，"免费的豪华享受！我长在山里，还从不知道可以这样！"

"但你对如何用传统的方法保护自己了如指掌。"爱玛想到了她们之前挖的避难所。

"确实，但是我也愿意了解新方法！"乔笑着说，"不能总活在过去吧。"她停了停，又思索着说："你们一定要看看冬天过后山里的模样，一派生机勃勃，太美了。一直到四五月，最高的山峰上都有积雪，山坡上则百花盛开，洋溢着缤纷的色彩。"

"好期待啊。"艾登说。

"还会看到动物。从冬眠中醒来的熊和鹿，还有很多小鸟……"

艾登和爱玛都笑了起来。他们能听出乔对家乡的热爱，这也让他们充满向往。

"你们肯定没看过秧歌舞吧？跳起来色彩明快又艳丽，很好看，英杰和我可以教你。这里还有很多事可以做呢，可不只有雪！"

双胞胎都笑了。

"真是个丰富多彩的国家啊。"艾登说。

"是啊！"乔热情地说。

暴风雪在头顶呼啸，艾登也不知道躺了有多久。他的手表是防水的，他可以看一看时间，但是这样要把手从水里拿出来，放在眼睛前面。他不想让手臂受冻。

他肯定是不会睡着的。在水疗中心的热水池里是那么舒服，他差点就睡着了。但现在身处危险之中，近在咫尺的暴风雪足以让他保持清醒。

他睁开眼睛，快速朝上瞄了一眼。之前只有白茫茫一片，现在可以分辨出一片片的雪花了。说明暴风雪慢慢停歇了吗？还是说雪花变得更大了。

艾登又闭上了眼睛，继续躺在温暖的水和泥里。让暴风雪继续刮吧，他告诉自己，谁也无法让它加快脚步，自然有属于自己的规律。

一股冷水流掠过他的膝盖。他的眼睛立刻睁开了，整个身体变得紧张起来。

他已经习惯了水里的温度在不断变化，他们三个躺着的位置，正是两条溪流汇合的地方。但一般情况下，它们马上就继续流走了。

这肯定是冷水，没有变热的冷水。

他只要动动腿，冷水就又混入热水了，冰冷的感觉消失了。

过了一会儿，又来了，冷水从他的脚上流过。

艾登闭上眼想了想，是从他左边来的，那边的水流应该是热的。

"那个，"他尽量做出若无其事的样子，"水是变凉了吗？"

第 二 十 二 章

变化的水流

"我也在想这个问题。"爱玛回应道。

"我也是。"乔附和道。

"但是热水是火山作用的结果。"艾登不解地说，"它不会突然就不热了呀。"

"对啊。"爱玛想了一会儿，也同意了艾登的说法，"或许会降点温，从超级热，变成只是暖暖的。如果火山是运动的，地底下可能在不断移动，把热量从一个地方，带到另一个地方。"

讨论火山活动的情况让大家很不安，他们想起了真正的危险所在。

"不管怎么样，"乔说，"用不了几分钟，我们就会躺在冷水里了，不要啊。"

艾登可以感觉到温度更低的水从身上流过。现在还是温的，跟家里洗澡水的温度差不多，很舒服。但乔是对的，如果水温继续降低，他们就不能继续躺在这儿了。

但是，他们还需要继续躺着吗？

艾登又睁开了眼睛，笑了起来。

"太好了！"

现在他能看到的，已经不是白茫茫的一片了。透过飘落的雪花，他能看到小溪边上模模糊糊的灰色，更远的地方也能看到一点。

"我觉得暴风雪已经过去了。"他说，"出去是安全的。"

"那就'有意思'了。"爱玛叹着气，"我们现在又舒服又暖和，然后一走入寒冷的空气里……"

"就算如此!"乔说,"也要出去。一起数到三。一、二、三……走!"

三人一起跃出水面,水花四溅。

和他们期待中的一样,冷风刺骨。他们快速蹚过深及小腿的雪地,走到他们换衣服的大石头后面。

他们把背包留在大石头后面了。艾登从背包里扯出自己的毛巾,然后开始使劲在身上擦。

"呃!"

早上泡温泉时用过一次,现在毛巾还是湿的。

从女孩子们的声音判断,她们也遇到了同样的情况。在泥浆浴之后,毛巾还是湿的。

咬紧牙关,他迫使自己继续擦,直到突然想到了乔的哥哥英杰的建议。之前他曾掉入冰冷的湖水里,必须在没有毛巾的情况下,把自己弄干。

"还记得英杰是怎么说的吗?"他叫道,"可以用粉末状的雪把自己擦干!"

说做就做，他马上就扔掉了毛巾，捧起一捧新鲜的雪，抹在自己身上。这并不比站在冷风里糟糕，似乎还让他暖和了一点。等到身上不往下滴水了，他又用毛巾擦了擦，然后快速穿上衣服。

三个好朋友同时从石头后面走出来，身上干干爽爽，衣着整整齐齐，脸上洋溢着笑容。暴风雪已经变成了温柔的降雪，艾登知道，就算是这些雪，也快要下完了。现在他们穿上了温暖的登山服，身体里还有留住的热气，越发觉得暖和。这种感觉真好，他们又有了继续向前的动力。

"不会太远了吧？"爱玛说。

他们一起朝前看去。暴风雪过后，大地被白雪覆盖。雪地上，小溪变成了一条黑黑的、蜿蜒曲折的线，像是一条蛇在铺了瓷砖的地板上爬。

"我想大的石块会从雪地里露出来。"艾登说。

"是的，但是雪地下可能还有小石头，会让我们崴到脚。"乔警告大家说，"我们还是需要用登山杖检查路面情况。我走在前面，你们俩跟在后面。"

她朝身后的火山和天空看了看。云层依然很低，是灰色的，不像预示暴风雪的云朵那样愤怒和黑暗。

"天气应该还可以。"她补充说。

"如果再有暴风雪的话，至少我们跟着小溪走不会迷路。"爱玛指出，"水肯定是往山谷外流的。"

"我们只需要确保自己不会掉到水里去。"艾登笑着说。

就在这时，火山又发出一声"轰隆"，提醒他们主要的危险在哪里。

"跟我走。"乔小声说。他们转过身，顺着小溪，沿着山谷往前走去。

小贴士

可以用粉末状的雪把自己身上的水擦干净。

第 二 十 三 章

黑云

他们加紧赶路，谁都没多说话。因为要尽可能地远离火山，他们都没什么心情聊天。比起聊天，还有更重要的事情要花费精力。

在爱玛看来，暴风雪留下的积雪还挺烦人的。踩在脚下嘎吱作响，还不及膝盖高，他们可以直接走过去，但是每一步都要把脚抬得比之前高。或者，就只能不停地踢腿，直接穿过雪地。一般情况下，这不是什么大问题。但随着他们越来越接近山谷的尽头，她觉得越来越累了。

艾登也有同样的感觉。

"如果有雪鞋就好了。"他说。

爱玛上下打量了光秃秃的雪坡。上次他们被困野外，山谷里不仅有厚厚的积雪，还有数不清的树。他们用那些树的树枝做了雪鞋，让他们可以在雪上行走，不会陷入雪里。

"这里没有做雪鞋的材料。"爱玛说。

"就算有树，"乔补充道，"也太费时了。如果继续向前走更快的话，就没有必要用这些野外生存技巧了……"

砰！

这声爆炸像是在他们的耳边打出了世界上最响的一枪。爱玛、艾登和乔连忙捂住耳朵，痛苦地弯下腰。

过了一会儿，爱玛慢慢拿开手，小心地直起

身来。

从山谷的最后一个转弯处，也就是火山所在的地方，升起一股黑云。云向上扭曲、旋转、升腾，看上去懒懒的，一点也不着急。

但爱玛意识到，这是因为云团的体积太大了。

爆炸的回声渐渐消失，只剩下持续不断的噪声。爱玛耳朵里还在嗡嗡作响，让她很难分辨出其他的声音。

"就这一下吗？"她说，有种如释重负的感觉。如果火山已经爆发，他们还活着……

艾登举起手打断了她，接着又仰起了头。在噪声之中，爱玛听到了口哨声，像是有什么东西从空中飞过。

"喷上去的东西，"艾登一边撒腿就跑，一边担忧地说，"一定会掉下来的！"

爱玛和乔马上明白了他的意思，也跟在他后面跑了起来。三个人往最近的山坡跑去，才跑了一半，因火山爆发而抛向空中的石头就冒着烟，开始在他们四周落下。

第 二 十 四 章

轰炸

他们唯一能做的，就是以最快的速度，一直冲到最近的避难处。他们的目标是山谷一侧凸出来的一块石头。爱玛全速奔跑着，双腿用力蹬，心脏怦怦跳，视线里只有石头在晃来晃去。石块落到地上，发出低沉的撞击声和雪变成水的咝咝声。每块石头都在雪上留下一个坑，一缕轻烟和水从坑里流出。

有石头在爱玛身边落下，距离近到她都能感觉到空气的流动，她赶紧跳到一边躲开。除了这次"小插曲",她不偏不倚地径直朝突出的那块石头跑去。她心里暗暗感到惊讶,落下来的石头竟如此轻盈,她本来以为会有更大的声响,砸出更大的坑的。

这是熔岩,她提醒自己,之前她还惊讶于它们有多轻来着。熔岩里面全是气泡,比一般的石头要轻很多。但不管怎样,它们是从很高的地方掉下来的,而且很热。毫无疑问,被任何一块石头砸中都是致命的。他们三个紧紧靠在石头冰冷、粗糙的表面上,能感觉到熔岩块撞击石头的另一侧带来的震动。

熔岩慢慢不再落下来了,爱玛小心地从石头边探出头来。厚厚的黑云还在那里,而且比之前更大了,看上去势不可挡。轰隆轰隆的声音也没有停止,但没有熔岩落下了,暂时没有。

"我们安全了,应该。出来吧。"

无须多言，三个好朋友开始半走半跑地逃离火山。

轰隆声更响了。他们加快了脚步，直到几乎跑了起来。

"要不要……回去？"艾登喘着气。

"不用。"爱玛朝前指指，"到那块大石头那儿，就可以躲起来。"

"不是火山！"乔突然叫了起来，"听！有节奏。"

然后，他们看到了最令人欣喜的东西。一架直升机从前方山谷的转弯处飞来，旋翼使得雪花飞溅。

"这里！救命！"

他们三个挥着手朝直升机跑去。

直升机在半空停下，卷起一场小型的人造暴风雪。爱玛、乔和艾登一起蹲下，用手臂护住脸。

直升机落地了，但旋翼并没有停下。舱门滑开，一个穿着飞行服、戴着头盔的男人探出身子，朝他们做了一个手势。手势的意思很明显，示意他们"快点过来"，他们马上照做了。

　　火山又爆发了。

第 二 十 五 章

起飞

爆炸声比之前更大了。他们三个捂住耳朵，跌跌撞撞，差点摔倒。巨大的声音在脑中回响，根本无法继续向前跑。

男人马上改变了手势，手往外推，示意他们"别过来"。

发动机的声音越来越大，旋翼开始以飞行的速度旋转。直升机上升到离地面几米的地方，原地盘旋。雪打在他们三个的脸上，他们只得又往后退了退。

直升机没有飞得太远。它从谷底掠过，飞过雪地和石块，飞到一块突出的石头后面不见了。他们能听到发动机变慢，飞机降落的声音。

为了避开滚落的熔岩，他们又跑了起来。爱玛一边跑，一边想着刚才飞行员为了保护直升机，做得真棒。如果一块熔岩弄坏了旋翼或者发动机，那他们最后一丝离开这里的希望也破灭了。

他们三个来不及跑到直升机所在的地方避难，就近找了一块大石头蹲了下来，尽可能让自己的身体缩小。在他们身边，又有更多的碎片掉入雪中，凿出更多的小小的黑坑。他们蜷缩得更紧了，一块熔岩砸在石头的顶上，砸出的碎片从他们头顶几厘米处飞过。

"熔岩雨"又慢慢停了。一确定已经安全，他们就跳了起来。那个穿飞行服的男人也从石头后面出来了，再次示意他们赶紧过来。离直升机越来越近了，发动机的声音也变大了。

火山爆发求生知识五

躲在坚固的石头下面，是个躲过火山爆发时落下的石块、岩浆等危险物体的好方法。

他们快速跑过转弯处，直升机还停在地面上，旋翼快速转动着。飞机似乎在颤抖，急于飞上天空。

男人在打开的舱门口等着。

"乔，爱玛，艾登？"他喊道。他们上气不接下气地点点头。"快进来，系上安全带。"

他们上了直升机，里面有两排相对而坐的位子，上面有可以扣在腰部的安全带。男人爬了进来，关上舱门。他对着头盔上的麦克风说出指令，直升机再次升上天空。

男人给他们每人一个带有麦克风的耳机，并告诉了他们接线的位置。发动机的轰鸣声马上减弱了，他们能听到男人的声音了。

"我们一直在找你们。"他笑道，又拍了拍直升机舱顶上吊着的 一个像相机的东西，"这是特殊的热探测镜头。火山爆发的时候，周围有很多热源。"他的笑容消失了，"希望你们在水疗中心没留下什么贵重物品。"

"我们不回去了吗?"爱玛问。他摇摇头。

"绝对不行。那周围都已经疏散了,水疗中心里已经没有人了。旁边火山坡上隆起了可怕的东西,如果破裂……"他用手做出爆炸的动作,跟艾登之前做的一样。

"轰!"

艾登朝窗外看去。

"我能看到!"他说。女孩子们也挤到他旁边来看。

他们的位置足够高,可以看到建筑群、绿色的山谷和山谷尽头的火山。离他们最近的山坡就是在山体滑坡中坍塌的那一座,他们的"冒险"也因此开始。后面的石头确实明显鼓起来了,这一切都是他们上次来到这里之后发生的。

他们正看着,一股一股的蒸汽和烟雾就从隆起处开始往外喷。

　　然后火山的一侧爆发了，喷出的气体和火山灰从规模到强度都是之前的两倍。仅用了几秒，它们就流过了整个山谷，完全摧毁了水疗中心和里面的一切。

第 二 十 六 章

冒烟的"月球"

"从展示屏上看，那只是很小的一个通道。"艾登伤心地说。

此时已是五天后，双胞胎和乔都已经与家人团聚。乔来双胞胎家做客了。

现在他们三个一起坐在沙发上看着墙上的电视屏幕。上面的照片是飞过火山的直升机照的。火山爆发后，这是首次有直升机可以靠近那里。之前接他们的直升机之所以出现，是因为水疗中心报告他们失踪了。要不然，充满火山灰和石块的空气对直升机来说是很危险的。

艾登记得展示屏上展示了一个火山通道的网络，从地心一直延伸到地面。岩浆沿着火山通道上升，然后喷射出来，形成火山。

"我的意思是，对比形成长白山的那次爆发，这次的一定微不足道。"艾登说。

他的妈妈苏在桌子上放了茶。他们每人拿了一杯。

"别忘了，"苏说，"整座城市都是靠地热能发电的。都不是真正意义上的火山，但已经足够将水变成蒸汽，然后推动发电机。你们能喝上热饮，住在温暖的房子里，都要感谢自然的力量。就算是很微不足道的火山通道也是非常非常危险的，而且它们都连着同一个地心，所以小小的通道也可能变大，谁都控制不了。我们唯一能做的，就是合理应对。"

"托马斯阿姨，有人能预测火山什么时候爆发吗?"乔问。

"根据我的理解,这一切发生得太快了。是有一些先兆,有的你们也看到了,不过你们不知道是什么意思。比如突然变得过热的热水,那是因为地下的热气急剧增多。枯死的树木,它们是被从地底的裂缝中冒出来的毒气杀死的。你们用自己的办法,做了正确的应对。最终真的要躲过火山爆发,唯一的办法就是逃离到别处。"

"看那个,"爱玛盯着屏幕说,"直升机像是从月球上飞过,如果月球也冒烟的话。"

屏幕上到处都是灰色的,一层灰色的火山灰覆盖了山谷和四周的乡村。

"都认不出来是哪里了。"乔说,"看,那里是不是水疗中心?"

楼房笔直的轮廓从一层火山灰上露出来,他们能大概辨认出来。因为温泉而得以长满山谷的美丽的绿色植物——灌木丛、大树和竹林,都不见了。

"火山看上去像是被人从高处扔下来的。"艾登说。

火山被炸得四分五裂。曾经树木覆盖的漂亮的平顶，变成了一堆冒着烟的乱石。

"你知道这让我想到什么了吗？"苏若有所思地说。她站在沙发后面，越过孩子们的头顶看着屏幕，"我们小时候，养过一只爱惹麻烦的小猫。我们回到家，就会看到它坐在一堆扯烂的垫子或者打碎的碟子中间。如果我们对它大喊大叫，它只会抬起头看着我们，像是在说'所以呢？'火山就是这么干的，'我造成了这么多伤害，所以呢？'"

"妈妈！"艾登震惊地看着她，"这次火山爆发，肯定造成了好几百万元的损失！一只顽皮的猫哪儿能比！"

她笑着摸了摸他的头发。

"是的，但没有人遇难。大家都逃离了，我们可以再建一个水疗中心。"

"但我们只有一个你。"一个男人说。双胞胎的爸爸蒂姆·托马斯走了进来，看上去心情不错。苏递给他一杯茶，他向大家举起杯子："有人想去海边旅行吗？"

只有苏笑了。乔看上去很困惑，艾登和爱玛马上明白了他的意思，脸沉了下来。

"你是说，我们又要搬家？"爱玛问。

蒂姆点点头。

"我们要搬到海边去。这里的发电站差不多建好了，福建的一个城市需要我们的技术。"

"福建有什么？"艾登问，努力回忆着中国的地理情况。他很确定，在中国九千英里的海岸线附近，都没有火山。还好还好。

"各种各样的东西。"蒂姆向他保证，"而我们最关心的是那里有海，海有潮汐。水以可以预测的、如钟表的一样有规律的周期流入、流出。"

"然后这意味着能源。"爱玛猜道，"一定是的，要不然我们不会搬过去。"

"没错！由地球运动提供的能源，还有比这更划算的吗？"

爱玛和艾登互相看了看，然后又看了看乔。乔努力表现出坚强的样子。

"哎，"她小声说，"你们肯定得搬走了，但我们会想你们的。"

"不会马上走的。"蒂姆连忙说，三个脑袋立刻转了过来，满怀希望地看着他，"还有几个月的时间。"他说。

"几个月！"乔眼睛里闪着光，"太好了。你们能看到山里春天和夏天的样子了。现在虽然很美，但在温暖的天气里，还要美上十倍。"

"太棒了！"艾登说。

他虽然很期待去看看福建省，去更多地了解自己所生活的国度，但与此同时，他觉得自己对大山的了解还只是皮毛，更别说整个吉林省了。

"还有啊，你能带我去看……那个……秧歌舞吗？"爱玛笑着说。

艾登的脸上露出大大的笑容。

"我都等不及了！"